兒童文學叢書

‧藝術家系列‧

騎木馬的藍騎士

康丁斯基的抽象音樂畫

莊惠瑾／著

三民書局

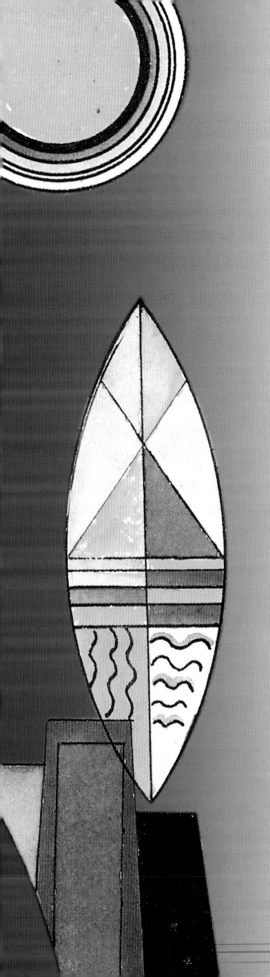

國家圖書館出版品預行編目資料

騎木馬的藍騎士：康丁斯基的抽象音樂畫　莊惠瑾
著.－－初版一刷.－－臺北市；三民，民90
　面；　　公分－－(兒童文學叢書.藝術家系列)

ISBN 957-14-3432-9　(精裝)

859.6　　　　　　　　　　　　　　90003068

網路書店位址　http://www.sanmin.com.tw

©　騎木馬的藍騎士
——康丁斯基的抽象音樂畫

著作人　莊惠瑾
發行人　劉振強
著作財　三民書局股份有限公司
產權人　臺北市復興北路三八六號
發行所　三民書局股份有限公司
　　　　地址　臺北市復興北路三八六號
　　　　電話　二五〇〇六六〇〇
　　　　郵撥　〇〇〇九九九八　　五號
印刷所　三民書局股份有限公司
門市部　復北店　臺北市復興北路三八六號
　　　　重南店　臺北市重慶南路一段六十一號
初版一刷　中華民國九十年四月
　編　號　S 85577
　定價　新臺幣貳佰肆拾元整
行政院新聞局登記證局版臺業字第〇二〇〇號

ISBN　957-14-3432-9　(精裝)

攜手同行

（主編的話）

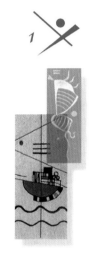

孩子的童年隨著時光飛逝，我相信許多家長與關心教育的有心人，都和我有一樣的認知：時光一去不復返，藝術欣賞與文學的閱讀嗜好是金錢買不到的資產。藝術陶冶了孩子的欣賞能力，文學則反映了時代與生活的內容，也拓展了視野。有如生活中的陽光和空氣，是滋潤成長的養分。

民國83年，三民書局董事長劉振強先生，有心於兒童心靈的開拓，並培養兒童對藝術與文學的欣賞，因此不惜成本，規劃出版一系列以孩子為主的讀物，我有幸擔負主編重任，得以先讀為快，並且隨著作者，深入藝術殿堂。第一套全由華文作家撰寫的藝術家系列，於民國87年出版後，不僅受到廣大讀者的喜愛，並且還得到行政院新聞局第四屆小太陽獎和文建會年度最佳少年兒童讀物獎。

繼第一套藝術家系列：達文西、米開蘭基羅、梵谷、莫內、羅丹、高更……等大師的故事之後，歷時3年，第二套藝術家系列，再次編輯成書，呈現給愛書的讀者。與第一套相似，作者全是一時之選，他們不僅熱愛藝術，更關心下一代的成長。以他們專業的知識、流暢的文筆，用充滿童心童趣的心情，細述十位藝術大師的故事，也剖析了他們創作的心路歷程。用深入淺出的筆，牽引著小讀者，輕輕鬆鬆地走入了藝術大師的內在世界。

在這一套書中，有大家已經熟悉的文壇才女喻麗清，以她婉約的筆，寫了「拉斐爾」、「米勒」，以及「狄嘉」的故事，每一本都有她用心的布局，使全書充滿令人愛不釋手的魅力；喜愛在石頭上作畫的陳永秀，寫了天真可愛的「盧梭」，使人不禁也感染到盧梭的真誠性格，更

忍不住想去多欣賞他的畫作；用功而勤奮的戴天禾，用感性的筆寫盡了「孟克」的一生，從孟克的童年娓娓道來，讓人好像聽到了孟克在名畫中「吶喊」的聲音，深刻難忘；主修藝術的嚴吅民，則用她專業的美術知識，帶領讀者進入「拉突爾」的世界，一窺「維梅爾」的祕密；學設計的莊惠瑾更把「康丁斯基」的抽象與音樂相連，有如伴隨著音符跳動，引領讀者走入了藝術家的生活裡。

第一次加入為孩子們寫書的大朋友孟昌明，從小就熱愛藝術，困窘的環境使他特別珍惜每一個學習與創作的機會，他筆下的「克利」栩栩如生，彷彿也傳遞著音樂的和鳴；張燕風利用在大陸居住的十年，主修藝術史並收集古董字畫與廣告海報，她所寫的「羅特列克」，像個小巨人一樣令人疼愛，對於心智寬廣而四肢不靈的人，這是一本不可錯過的好書。

讀了這十本包括了義、法、荷、德、俄與挪威等國藝術大師的故事後，也許不會使考試加分，但是可能觸動了你某一根心弦，發現了某一內在的潛能。當世界越來越多元化之後，唯有閱讀，我們才能聽到彼此心弦的振盪與旋律。

讓我們攜手同行，走入閱讀之旅。

簡宛

本名簡初惠，國立臺灣師範大學畢業，曾任教仁愛國中，後留學美國，先後於康乃爾大學、伊利諾大學修讀文學與兒童文學課程。1976年遷居北卡州，並於北卡州立大學完成教育碩士學位。

簡宛喜歡孩子，也喜歡旅行，雖然教育是專業，但寫作與閱讀卻是生活重心，手中的筆也不曾放下。除了散文與遊記外，也寫兒童文學，一共出版三十餘本書。曾獲中山文藝散文獎、洪建全兒童文學獎，以及海外華文著述獎。最大的心願是所有的孩子都能健康快樂的成長，並且能享受閱讀之樂。

作者的話

　　決定寫康丁斯基這本書時，肚子裡已懷了二個寶寶。就如每位初為人母的女性，謹奉著胎教與身教的育嬰法則，對待自己的一兒一女。

　　當他們在我的肚子裡，為爭奪地盤又踢又打時，唯一能讓他們暫歇的方法，是放首旋律優美的自然音樂，再輕聲細語的讀康丁斯基的故事給他們聽（那時我正在看相關資料）。不知是否因這胎教的緣故，二個小頑皮從匍匐學爬之際，不必身教，即將家裡的白牆當成畫板，常隨古典音樂電臺撥放的音樂，手舞足蹈的畫起抽象畫。稍不留神，連抽屜內層都可見到他們的精心傑作，簡直防不勝防。但由另一角度來看，此舉或也能視之「為畫畫而畫」。

　　嬰幼兒的繪畫，是感官功能協調下的產物，因為不具任何意義，所以我們稱之為「塗鴉」。但那份真樸，遠非成人世界所能擁有的。康丁斯基為追求抽象藝術的真善美而孜孜不倦一生，他厭倦被長篇大道理掩蓋住的美學假象，只想讓繪畫藝術返璞歸真，的確用心良苦。

　　且先不管對抽象藝術了解多少，假如小寶寶的塗鴉，都能用心欣賞的話，相信抽象藝術的美，更是會令你讚嘆不已！

武惠瑾

莊惠瑾

　　小時候最愛到書店看免費的歷史故事及名人傳記，最崇拜那些偉人英雄，所以一心夢想做個傑出的政治外交家。以為自己天不怕地不怕的不服輸個性，一定可以同書上的偉人一樣，名留青史。

　　長大後對政治依舊關心，只是喜歡塗塗抹抹的嗜好，改變了小時的志向，童年時期的雄心壯志也早被社會馴化，而心甘情願做個有用的小螺絲釘。

　　美國北卡州大產品設計研究所畢業後，曾返臺先後任職於智慧財產局專利審查委員、國立臺北工業技術學院工業設計系、實踐設計管理學院應用美術科兼任講師，及銘傳管理學院商業設計系專任講師等。現旅居美國「修身養性」，希望在不久的將來，能返臺繼續發揮小螺絲釘的功能。著有童書《光影魔術師——與林布蘭聊天說畫》。

康丁斯基

Vassily Kandinsky
1866 ～ 1944

寂寞的小男孩

好冷啊！

刺骨的寒風，呼呼地吹著。冬天的莫斯科大地被冰雪緊緊地覆蓋住。路上每個人，全裹著又厚又重的冬衣，縮著脖子，吃力的在雪堆裡行走。遠遠望去，真像三兩成群的企鵝和北極熊在漫步。沒人注意到路旁一棟大房子裡，有個小男孩，正使勁的踮著腳尖、伸長脖子，想一窺外頭的雪景。輪廓分明的小臉，因緊貼窗口，反被嘴裡呼出的熱氣烘得看不清楚。

莫斯科是俄國首都，離北極很近。小男孩一出生就住在這城裡，他沒有兄弟姊妹，陪伴他的人除了爸爸媽媽之外，就是數不清的玩具。爸爸的茶葉生意很忙，很少在家；媽媽也有很多事情要處理，不能一直陪他玩。所以大部分的時間，他總是一人靜靜的看故事書，或在紙上練習寫自己的名字——華斯理·康丁斯基，或騎著他最心愛的木馬，靠著窗邊搖啊搖的，打發時間。

莫斯科1，1916年，油彩、畫布，51.5×49.5cm，俄羅斯莫斯科特瑞雅克夫國家畫廊藏。

一百三十多年前的俄國，正是經濟、文化的全盛時期。康丁斯基就是出生在那個年代，他確實的生日是西元一八六六年十二月四日。他的家族，雖然曾被沙皇流放至西伯利亞的偏遠地帶，但他卻是在非常富裕的環境下成長的。

　　前不久，才和父母一起慶祝五歲生日的他，這幾天顯得不是很高興。因為爸爸說要拓展業務，全家得搬到烏克蘭的敖得薩。

　　除了旅行，康丁斯基沒有住過別的地方。要搬離熟悉的家鄉，心裡不免有些難捨與緊張。他看著窗外，喃喃自語：敖得薩是個什麼樣的地方？那兒有莫斯科好玩嗎？那兒的小朋友會歡迎我嗎？這些問題在康丁斯基初到敖得薩，還沒來得及找到答案時，爸媽已經協議離婚，準備送他去阿姨家住了。

　　「為什麼要我住阿姨家呢？是不是我不乖，你們不要我了？」康丁斯基哭得好傷心，一雙大眼睛又紅又腫。

　　爸媽心疼得緊緊的摟住他，試著對他解釋原因。聽話的他，只能默默接受父母的安排，帶著形影不離的木馬，轉往阿姨家。

他告訴自己：以後不可能再和爸媽一起出去旅行了。

回想三歲時，全家去義大利玩……那地方長什麼樣已經不記得了，但金色的太陽，照得大家好開心、好舒服；丘陵上，紅的、紫的、黃的、綠的……數不清的漂亮顏色擁在一起，迎風起舞真是美極了。

這是他對顏色最早的記憶，也是童年最快樂的一段回憶。

花園1，1910年，油彩、畫布，66×82cm，德國慕尼黑倫巴赫市立畫廊藏。

莫斯科的大學生活

6

　　阿ㄚ姨ㄧˊ長ㄓㄤˇ得ㄉㄜ˙和ㄏㄜˊ媽ㄇㄚ媽ㄇㄚ˙一ㄧˊ樣ㄧㄤˋ，氣ㄑㄧˋ質ㄓˊ高ㄍㄠ雅ㄧㄚˇ、溫ㄨㄣ柔ㄖㄡˊ美ㄇㄟˇ麗ㄌㄧˋ。對ㄉㄨㄟˋ康ㄎㄤ丁ㄉㄧㄥ斯ㄙ基ㄐㄧ更ㄍㄥˋ是ㄕˋ視ㄕˋ如ㄖㄨˊ己ㄐㄧˇ出ㄔㄨ，為ㄨㄟˋ他ㄊㄚ請ㄑㄧㄥˇ來ㄌㄞˊ最ㄗㄨㄟˋ好ㄏㄠˇ的ㄉㄜ˙老ㄌㄠˇ師ㄕ，教ㄐㄧㄠˋ授ㄕㄡˋ琴ㄑㄧㄣˊ棋ㄑㄧˊ書ㄕㄨ畫ㄏㄨㄚˋ，各ㄍㄜˋ項ㄒㄧㄤˋ才ㄘㄞˊ藝ㄧˋ。

　　轉ㄓㄨㄢˇ眼ㄧㄢˇ間ㄐㄧㄢ，康ㄎㄤ丁ㄉㄧㄥ斯ㄙ基ㄐㄧ已ㄧˇ長ㄓㄤˇ成ㄔㄥˊ風ㄈㄥ度ㄉㄨˋ翩ㄆㄧㄢ翩ㄆㄧㄢ、教ㄐㄧㄠˋ養ㄧㄤˇ良ㄌㄧㄤˊ好ㄏㄠˇ的ㄉㄜ˙青ㄑㄧㄥ年ㄋㄧㄢˊ。

　　二ㄦˋ十ㄕˊ歲ㄙㄨㄟˋ的ㄉㄜ˙年ㄋㄧㄢˊ紀ㄐㄧˋ，是ㄕˋ該ㄍㄞ上ㄕㄤˋ大ㄉㄚˋ學ㄒㄩㄝˊ的ㄉㄜ˙時ㄕˊ候ㄏㄡˋ，康ㄎㄤ丁ㄉㄧㄥ斯ㄙ基ㄐㄧ反ㄈㄢˇ而ㄦˊ有ㄧㄡˇ些ㄒㄧㄝ舉ㄐㄩˇ棋ㄑㄧˊ不ㄅㄨˊ定ㄉㄧㄥˋ。

　　阿ㄚ姨ㄧˊ看ㄎㄢˋ在ㄗㄞˋ眼ㄧㄢˇ裡ㄌㄧˇ，便ㄅㄧㄢˋ對ㄉㄨㄟˋ他ㄊㄚ說ㄕㄨㄛ：「孩ㄏㄞˊ子ㄗ˙，有ㄧㄡˇ沒ㄇㄟˊ有ㄧㄡˇ想ㄒㄧㄤˇ過ㄍㄨㄛˋ回ㄏㄨㄟˊ莫ㄇㄛˋ斯ㄙ科ㄎㄜ去ㄑㄩˋ看ㄎㄢˋ看ㄎㄢˋ？以ㄧˇ你ㄋㄧˇ的ㄉㄜ˙實ㄕˊ力ㄌㄧˋ，進ㄐㄧㄣˋ莫ㄇㄛˋ斯ㄙ科ㄎㄜ大ㄉㄚˋ學ㄒㄩㄝˊ應ㄧㄥ不ㄅㄨˋ成ㄔㄥˊ問ㄨㄣˋ題ㄊㄧˊ。」

　　十ㄕˊ幾ㄐㄧˇ年ㄋㄧㄢˊ來ㄌㄞˊ，和ㄏㄜˊ阿ㄚ姨ㄧˊ相ㄒㄧㄤ依ㄧ為ㄨㄟˊ命ㄇㄧㄥˋ慣ㄍㄨㄢˋ了ㄌㄜ˙，康ㄎㄤ丁ㄉㄧㄥ斯ㄙ基ㄐㄧ實ㄕˊ在ㄗㄞˋ不ㄅㄨˋ想ㄒㄧㄤˇ離ㄌㄧˊ阿ㄚ姨ㄧˊ太ㄊㄞˋ遠ㄩㄢˇ。但ㄉㄢˋ常ㄔㄤˊ在ㄗㄞˋ夢ㄇㄥˋ裡ㄌㄧˇ出ㄔㄨ現ㄒㄧㄢˋ的ㄉㄜ˙兒ㄦˊ時ㄕˊ景ㄐㄧㄥˇ象ㄒㄧㄤˋ，像ㄒㄧㄤˋ一ㄧˋ條ㄊㄧㄠˊ繫ㄒㄧˋ在ㄗㄞˋ手ㄕㄡˇ腳ㄐㄧㄠˇ上ㄕㄤˋ的ㄉㄜ˙繩ㄕㄥˊ子ㄗ˙，不ㄅㄨˋ時ㄕˊ輕ㄑㄧㄥ緩ㄏㄨㄢˇ的ㄉㄜ˙扯ㄔㄜˇ動ㄉㄨㄥˋ著ㄓㄜ˙他ㄊㄚ。現ㄒㄧㄢˋ在ㄗㄞˋ聽ㄊㄧㄥ阿ㄚ姨ㄧˊ這ㄓㄜˋ麼ㄇㄜ˙一ㄧˋ說ㄕㄨㄛ，便ㄅㄧㄢˋ不ㄅㄨˊ再ㄗㄞˋ猶ㄧㄡˊ豫ㄩˋ。

　　告ㄍㄠˋ別ㄅㄧㄝˊ阿ㄚ姨ㄧˊ，康ㄎㄤ丁ㄉㄧㄥ斯ㄙ基ㄐㄧ懷ㄏㄨㄞˊ著ㄓㄜ˙既ㄐㄧˋ期ㄑㄧˊ待ㄉㄞˋ又ㄧㄡˋ興ㄒㄧㄥ奮ㄈㄣˋ的ㄉㄜ˙心ㄒㄧㄣ情ㄑㄧㄥˊ，回ㄏㄨㄟˊ到ㄉㄠˋ久ㄐㄧㄡˇ違ㄨㄟˊ的ㄉㄜ˙莫ㄇㄛˋ斯ㄙ科ㄎㄜ，並ㄅㄧㄥˋ如ㄖㄨˊ願ㄩㄢˋ考ㄎㄠˇ進ㄐㄧㄣˋ莫ㄇㄛˋ斯ㄙ科ㄎㄜ大ㄉㄚˋ學ㄒㄩㄝˊ。可ㄎㄜˇ是ㄕˋ文ㄨㄣˊ、理ㄌㄧˇ、法ㄈㄚˇ、商ㄕㄤ念ㄋㄧㄢˋ哪ㄋㄚˇ個ㄍㄜˋ好ㄏㄠˇ呢ㄋㄜ˙？仔ㄗˇ細ㄒㄧˋ想ㄒㄧㄤˇ想ㄒㄧㄤˇ，如ㄖㄨˊ果ㄍㄨㄛˇ要ㄧㄠˋ日ㄖˋ後ㄏㄡˋ容ㄖㄨㄥˊ易ㄧˋ找ㄓㄠˇ工ㄍㄨㄥ

窩瓦河之歌，1906年，蛋彩、卡紙，49×66cm，法國巴黎龐畢度藝術中心國立現代美術館藏。

作，還是實際點，選讀法律和經濟吧。

康丁斯基從小就是一個天資聰穎的孩子，記性好反應又快。枯燥乏味的法律條文和數學公式，對他來說輕而易舉。當別人抱著書本慌得不知所措時，他還可以出去寫生，或聽音樂會，悠閒的模樣，讓人既羨慕又嫉妒。

大學四年級時，康丁斯基得到一筆研究獎學金：去伏洛格達省研究當地的農業法規，及風土民情。他一到那裡，馬上就愛上了那個地方。那兒的居民十分熱情有禮，不管認不認識，總是堆滿笑容，親切問好；他們喜歡穿顏色鮮豔的衣服，出門時一定把自己打扮得漂漂亮亮；房子也和衣服一樣裝飾得光鮮亮麗，到處可見的俄式、巴洛克式或巴伐利亞式教堂建築，在陽光底下，燦爛奪目得讓人睜不開眼睛，走在路上，會以為自己成了愛麗絲，夢遊到另一個彩色世界。

因為研究成績優異，畢業典禮結束的第二天，康丁斯基立即被校長聘任留校教書。他的表妹也在學校工作，兩人天天見面，感情日增，便順理成章結成夫妻，過著上班族的規律日子。

8

彩色人生，1907年，蛋彩、畫布，130×162.5cm，德國慕尼黑倫巴赫市立畫廊藏。
這幅畫，康丁斯基以蛋彩畫法（塗料和蛋黃混在一起）畫出他眼中的老百姓，快樂無
憂的生活。

改行去學畫

　　有一天，名氣響亮的法國印象派大師莫內，到莫斯科展出他的繪畫作品。基本上，印象畫派是偏重於捕捉光影從物體表面反射到眼中的視覺感受，將眼睛瞬間看到的初始印象表現出來。它迷人的地方，就是那耀眼的光彩和浪漫的氣氛，使人感到身心舒暢。除了家喻戶曉的莫內，還有畢沙羅、高更、塞尚、梵谷、雷諾瓦、馬內……等多位代表性畫家。

　　原本就愛畫畫的康丁斯基，當然不願錯過親睹大師作品的機會，他和每個仰慕莫內的參觀者一樣，很仔細的瀏覽每一幅作品，當目光轉到〈乾草堆〉時，康丁斯基臉上不由得擺出一個大問號。他不懂莫內幹嘛把一大堆乾草，一會兒畫那麼亮，一會兒又畫那麼暗，不然就是畫得朦朧不清。自視甚高的他不好意思隨便問人，索性自己坐在角落的椅子上，遠遠瞪著那些「乾草堆」，很用力的想著想著……試圖找出答案。

莫內，乾草堆：雪景效果、陽光，1890～1891年，油彩、畫布，65.1×92.1cm，英國愛丁堡蘇格蘭國家畫廊藏。

「哈！我懂了！」康丁斯基叫了起來。

「畫畫不是死守一成不變的律法或公式；而是畫自己想畫的才對。莫內不在乎『乾草堆』畫得像不像，他畫的是『乾草堆』在陽光下的感覺。」康丁斯基好高興自己悟出了竅門。

愛音樂的他也一常到國家音樂廳，聆聽各項音樂演奏。康丁斯基是莫札特的崇拜者，自己也能彈能拉。但他的人生，卻因為莫內的畫和德國作曲家華格納的音樂，而整個改寫。華格納鏗鏘雄勁的曲風，挾著磅礴的氣勢，化成一波波律動的色彩，盤旋在他的腦海裡，久久揮之不去，他好希望能將這種感覺畫出來。當然他也很了

12

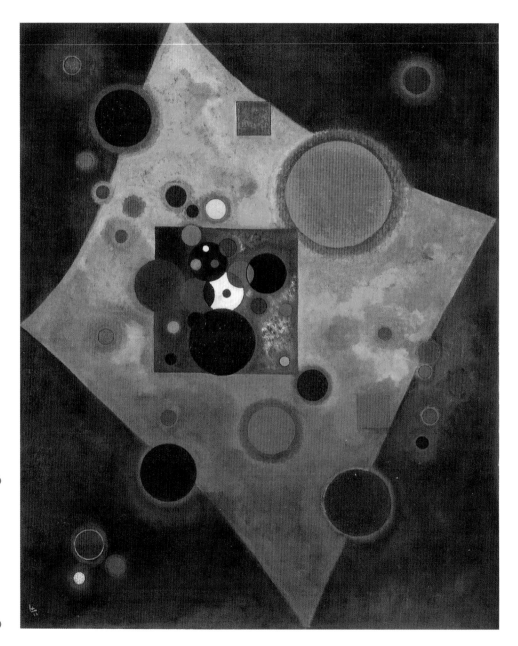

粉紅色裡的重音，
1926年，油彩、畫
布，１００.５×
80.5cm，法國巴黎
龐畢度藝術中心國
立現代美術館藏。

黃昏時分，1943
年，油彩、卡紙，
57.6×41.8cm，美
國紐約古金漢美術
館藏。

解，唯有全心的投入繪畫，才可能夢想成
真。於是，康丁斯基毅然辭去前途看好的
教職，費盡唇舌地說服太太陪他去德國學
畫。

那年，他三十歲。

三十歲才重新學畫，會不會太遲？

說真的，康丁斯基自己也沒有什麼把
握，衝著對繪畫藝術的熱愛，夫妻兩人來
到人生地不熟的德國。

他們為何不去法國巴黎？學畫的人不
是都喜歡去那裡？

14

慕尼黑的房子，1908年，油彩、卡紙，33×41cm，德國屋帕塔美術館藏。

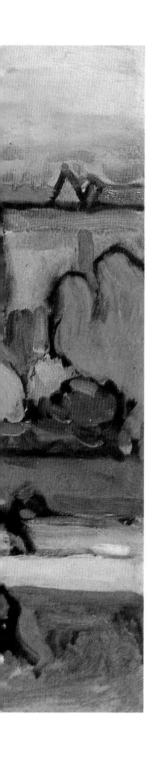

康丁斯基的外婆家，是由說德語的地區移民到俄國的。他住在阿姨家時，學會了德語，還聽阿姨說過好多德國的民間故事和童話。無形中，對這個國家有份說不出的親切感。況且，慕尼黑是個國際大都會，濃厚的藝術氣息不輸法國，更加堅定了他的選擇。

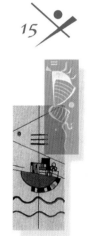

初到慕尼黑，康丁斯基先乖乖上了兩年基礎課程，等到自覺程度不錯時，馬上跑去找當時很著名的畫家——法蘭斯·史都克先生，想拜他為師。史都克先生和他談過後，建議他到藝術學院多修些繪畫課程再說。雖然有些失望，康丁斯基也只好照辦。只是萬萬沒想到，一向是考試高手的他，竟然沒通過入學測驗。

千里迢迢來德國學畫，康丁斯基當然不會因為沒錄取就輕易放棄。他像劉備三請諸葛亮般，鍥而不捨地造訪史都克先生。史都克終被他的誠意所感動，收他為學生。

自立門戶「方陣畫會」

16

短短的一年，勤奮的康丁斯基學到了有關「圖形構成」的理論精華。一九〇一年，他結合幾個志同道合的朋友，合組一個「方陣畫會」，正式朝向專業畫家領域邁進。

「方陣畫會」第一次開畫展時，康丁斯基設計了一張很有意思的宣傳海報，算是他對抽象畫法的初次嘗試。裡頭兩個像眼睛的圖形，和帶有箭頭的橫線，意味著他們對新藝術的執著與勇往直前。

經過四年的努力，好不容易在競爭激烈的藝術圈站穩腳步時，「方陣畫會」卻因會員間意見不合而宣告解散。加上太太受不了他成日埋首畫堆，三天兩頭找他吵架。康丁斯基不堪其擾，索性找了好友蒙特，一同出國散心。

背起行囊，拋開煩人的瑣事，兩人遊遍歐洲各地，惡劣的心情在好山好水的薰陶之下，逐漸平靜許多。每每望著藍天白雲、青山綠樹，康丁斯基常忍不住技癢，

第一次方陣畫會海報，1901年，彩色石版畫，52×67cm，德國慕尼黑倫巴赫市立畫廊藏。
帶有速度感的箭頭，和兩個向前看的眼睛圖形，意喻「方陣畫會」要勇往向前。

　　就地擺起畫架，畫下眼中的景觀。可是畫
久了總要有所突破才行呀，他實在不願像
臺影印機，只會依樣拷貝了事。為此，康
丁斯基苦思許久，傷透腦筋。

蒙特，康丁斯基
像，1906年，彩色
木刻版畫，25.9×
19cm，德國慕尼
黑倫巴赫市立畫廊
藏。

蒙特像，1905年，
油彩、畫布，45×
45cm，德國慕尼
黑倫巴赫市立畫廊
藏。

到巴黎時，他結識不少各路門派的藝術工作者。咖啡館、酒館、藝廊……常可見到他和朋友們高談闊論。外表不苟言笑的康丁斯基，其實是能說善寫的才子。若話題對了，那舌燦蓮花的口才，加上豐富的學識涵養，常使嚴肅枯燥的討論會，變成氣氛熱絡、笑聲不絕的腦力激盪課。他寫的文章，常常登在幾個主流刊物和報紙上；出版過的幾本書中，以《藝術的精神性》最能代表他對繪畫藝術的看法。

因緣際會，康丁斯基見到野獸派始祖馬諦斯和立體派畫家畢卡索的作品時，激起了他創作的火花。馬諦斯不喜歡早期印象派的構圖與色調，便大膽地試用回歸自然的方式，保留色彩的原味，造成原始又搶眼的視覺效果。別人看了，就對這畫法冠上野獸派的名稱。康丁斯基也愛用單純的顏色，所以馬諦斯對顏色的搭配技巧令他深感佩服。至於「造形」專家畢卡索，是畫壇奇才，他對「形」的研究，確實有一套獨到見解。康丁斯基雖然不喜歡他的人，但對他的作品還是不得不服氣。

即興創作19，1911年，油彩、畫布，120×141.5cm，德國慕尼黑倫巴赫市立畫廊藏。
仔細看，像不像觀眾在欣賞歌劇？

圖畫16：基輔的守門員，1928年，蛋
彩、水彩、墨水，21.2×27.3cm，德
國科倫大學美術館藏。

「藍騎士」的短暫風光

繞了大半個歐洲，康丁斯基和蒙特選了阿爾卑斯山腳下的小城，做為棲身的地方。住在宛若世外桃源的環境裡，他的創作靈感源源不絕。音樂是促使他創作的起源，他以色彩為音符，將畫筆作指揮棒。讓畫面的布局像節奏明快的演奏曲，時高時低的流轉著。連小時候阿姨說的那些神話故事，都被他用又濃又厚的顏料給變了出來。

一天早晨，有位衣著體面、自稱是法蘭斯・馬克的人，站在門外，「叩、叩、叩」的敲著康丁斯基的門。

他是慕名而來的，康丁斯基十分熱誠的款待他，還帶他參觀自己的畫室。兩人初見即惺惺相惜，愈聊愈投機，康丁斯基忍不住向馬克透露，自己不單要做現代藝術的先鋒，還要做藝術文化的傳承者。

這志向讓馬克十分感動，當下決定要與康丁斯基一同實現這個夢想。

一九一一年夏天，代表了他們夢想的

「藍騎士」出現，成了畫壇的頭條新聞。

「藍騎士」是哪裡來的勇士？

它是一份有點類似藝術雜誌之類的刊物。藍色是康丁斯基的最愛，在他的每幅畫裡，都占了很重要的地位。

《藍騎士年鑑》封面定稿，1911年，墨水、水彩、鉛筆，27.9×21.9cm，德國慕尼黑倫巴赫市立畫廊藏。

康丁斯基小時候最好的朋友就是玩具木馬，長大後，他依舊愛馬。在歐洲人的觀念裡，馬和騎士是分不開的。所以英勇的騎士，加上代表希望的藍色，便成為他們理想的化身。

藍騎士，1903年，油彩、畫布，55×65cm，瑞士蘇黎世私人收藏。

他和馬克兩人許下宏願，「藍騎士」要克服萬難，做藝術圈開疆拓土的先鋒勇士，帶領德國畫壇邁向新領域，還要成為現代藝術的年鑑。

「藍騎士」也辦畫展。康丁斯基便想藉此機會，給參觀者不一樣的視覺震憾。他的畫概分成三類：印象寫景、即興式創作和純構圖。不僅圖案抽象，連畫名都很有個性。頂多取個簡單的稱謂，或只標上像樂章的號數；再不然就只寫幾號構圖。他畫的是一種「感覺」，一種純為抒發個人思想、情感的畫，得看畫的人，自己去心領神會。

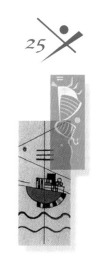

雖說人類因有夢想而偉大，可是藍騎士的夢並沒有想像中的那麼美，德國的藝術圈派系林立，誰也不服誰。透過媒體報導，以萬丈雄心之姿出現的「藍騎士」，開始確實風光十足。可是緊接蜂擁而來的各方批評，有好也有壞；好的，認同他所倡導的「純藝術」（純為畫畫而畫）；壞的，則不留情面，譏諷他是個瘋子。

這些冷嘲熱諷，絲毫動搖不了康丁斯基對抽象藝術的堅持，反倒是與他一起打拼的戰友們把他惹火了。「藍騎士」辦第三次畫展時，籌備委員會以作品不符主題

為由，拒絕展出他的畫，氣得康丁斯基以退出表示抗議。

被譽為畫壇先鋒的「藍騎士」，於康丁斯基退出沒多久，就銷聲匿跡了。

它享有的風光雖如彗星般短暫，但對倡導新藝術的貢獻，卻是源遠流長。

即興創作6（非洲），1909年，油彩、畫布，107×95.5cm，德國慕尼黑倫巴赫市立畫廊藏。

構圖2，1909/1910年，油彩、畫布，97.5×131.2cm，美國紐約古金漢美術館藏。
畫的內容有很強烈的故事性，而多色彩及高反差，是康丁斯基開始嘗試的畫法。

回俄國去

一九一四年，第一次世界大戰把歐洲搞得人心惶惶，康丁斯基只得離開戰雲緊密的德國，回到俄羅斯。

無巧不巧，俄國也爆發十月革命，沙皇尼古拉二世被推翻了，新政府又尚未步入正軌，人民的生活物資十分缺乏，大家都在想法子如何填飽肚子。康丁斯基的創作也跟著大大減少。

首次執政的共產黨，為了收買人心，不斷地向老百姓呼籲：要拋開傳統束縛，開拓新俄國文化。這和康丁斯基追求的創作理念不謀而合。他開始積極參與各項藝術文化的重建工作，包括辦校開課、策劃活動、開畫展……

已經五十歲的他，和第一任太太離婚之後，一直過著單身的生活。好心的愛神邱比特，幫他介紹一位將軍的女兒——妮娜。妮娜有一付如黃鶯出谷般的好嗓子，康丁斯基第一次和她通電話時，就被那悅耳的聲音給深深的吸引住。

給未知的聲音，1916年，水彩、墨水，23.7×15.8cm，法國巴黎龐畢度藝術中心國立現代美術館藏。

藍色圓圈，1922年，油彩、畫布，110×100cm，美國紐約古金漢美術館藏。

妮娜是位賢慧的妻子，婚後不久，就替他生了一個可愛的兒子，又幫他打點裡裡外外的雜事，好讓康丁斯基專心於繪畫和行政工作。不過很不幸，他們的兒子三歲時就死了。兒子的死，掏空了他所有的希望和快樂。喪子之痛還未平撫，而另一波政治風暴已悄然來襲。

　　自列寧當上共黨頭子後，不斷地說抽象藝術對共產思想有害，要徹底剷除。康丁斯基夫婦聽到風聲，擔心被抓去鬥爭，連夜收拾行李，倉促離開。自此，再也沒回過他的祖國。

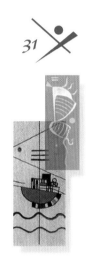

　　逃離家鄉後，康丁斯基和妮娜再度回到德國。而戰後的德國，也是百廢待舉，通貨膨脹三級跳。為了養家，康丁斯基只好賤價賣出自己的心血結晶，換取生活費用。日子雖然過得捉襟見肘，但能保住性命算是幸運了。他的一些昔日好友，為了躲避無情的戰爭，死的死，逃的逃，更是慘得令他唏噓不已。

到包浩斯教書

大概是看多了人生無常，康丁斯基歷經戰爭的苦難磨練，畫風開始有了明顯的改變。平時慣用的剛毅清晰的線條，已被溫和隨興的筆觸取代；咄咄逼人之勢，也多了份包容與謙讓；豁達開放的人生觀，把他自己的風格提升至更高層的境界。

包浩斯的創辦人葛羅佩斯覺得康丁斯基的畫風很適合他們學校，親自邀請他到這所新成立的學校，教授色彩學和基礎造形。

32

葛羅佩斯辦校的目的，是為了將藝術和技術重新結合，以符合當時機器工業時代的需求。有不少建築、繪畫、雕塑、手工藝等大師級人物在此授課，他的好友克利和費寧格也是其中之一。

他們都住在學校教職員宿舍，下課沒事常一起談些教課心得，或切磋畫藝。另一位同事，喬藍斯基也加入陣營，共同組了個「藍色四人組」（康丁斯基真的很愛藍色），還曾應邀至美國紐約展出作品。

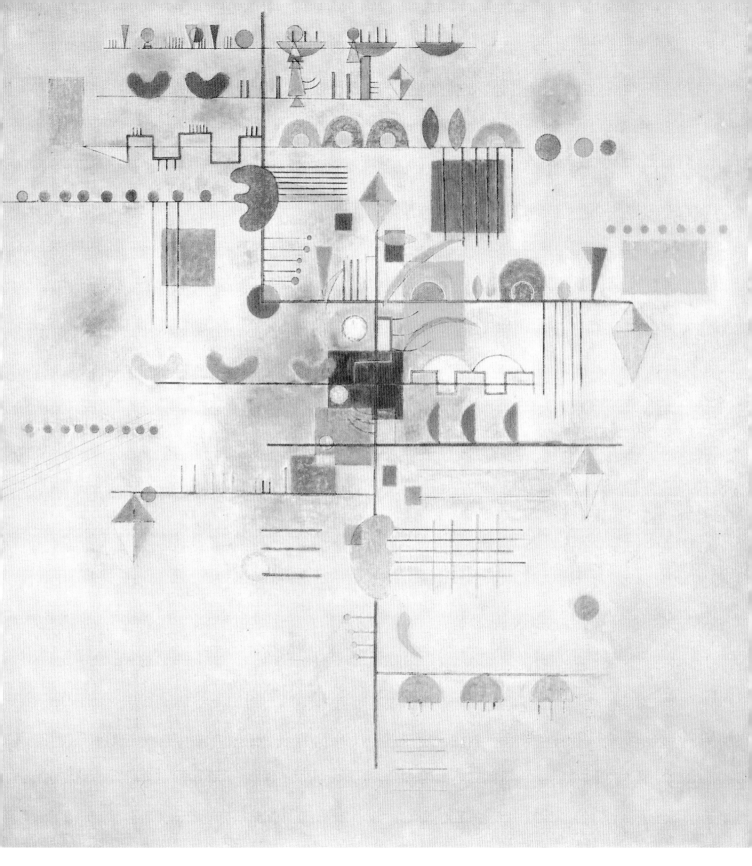

溫柔之梯，1934年，油彩、畫布，80.4×80.7cm，美國紐約古金漢美術館藏。

大多數的畫家，有很強的創造力，卻沒什麼邏輯觀念。受過法學與經濟教育的康丁斯基，其邏輯思考能力與創造力一樣強，甚受學生的敬重。課堂上，他常舉自己的作品為例，解說怎麼用點線面的關係造「形」。

小小世界1，1922年，彩色石版畫，36×28cm，德國柏林包浩斯資料館藏。
小小世界系列，表現世界的多元化。

34

一系列〈小小世界〉袖珍版畫和大型油畫〈數個圈圈〉、〈在藍色裡〉、〈構圖8〉，以及〈黃—紅—藍〉，都是由大大小小的點，及線條造出的「形」。色彩學中，分色和混色的原理，也被他用來營造出視覺上的立體層次感。一九二六年畫的〈數個圈圈〉即是代表作之一。

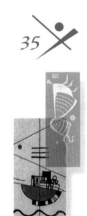

小小世界2，1922年，彩色石版畫，36.3×28.1cm，德國柏林包浩斯資料館藏。

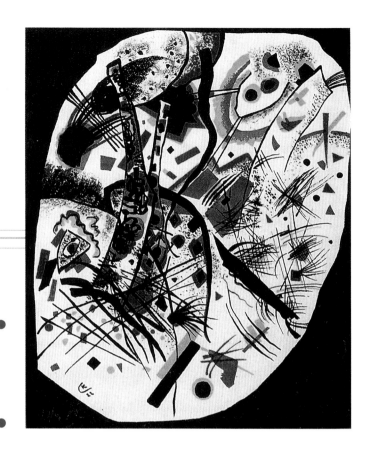

小小世界3，1922
年，彩色石版畫，36
×28cm，德國柏林包
浩斯資料館藏。

小小世界4，1922
年，彩色石版畫，
36×28cm，德國
柏林包浩斯資料館
藏。

小小世界5，1922
年，彩色石版畫，
36.2×28cm，德國柏
林包浩斯資料館藏。

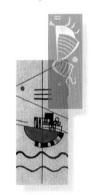

小小世界6，1922
年，木刻版畫，
35.5×33.8cm，德
國柏林包浩斯資料
館藏。

數個圈圈，1926年，油彩、畫布，140.3×140.7cm，美國紐約古金漢美術館藏。
大大小小的圈圈，就像我們玩的吹泡泡，五顏六色，漂亮極了。

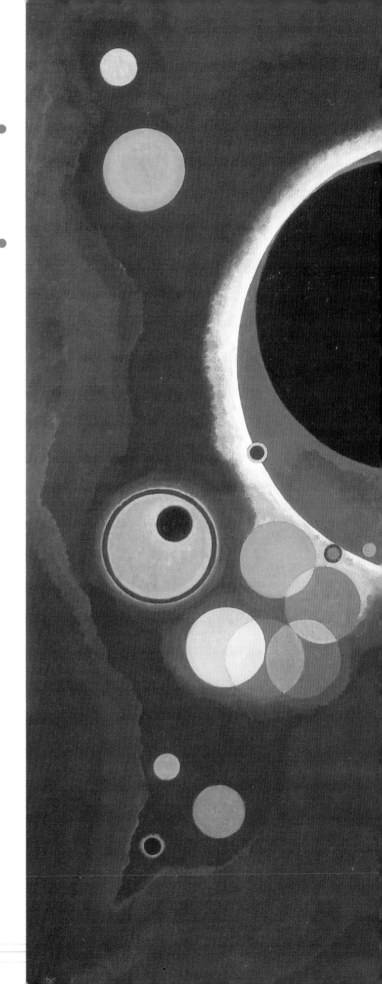

在藍色裡，1925年，油彩、畫布，80×110cm，
德國杜塞爾多夫北萊因－西法倫邦藝術收藏館藏。

40

構圖8，1923年，油彩、畫布，140×201cm，美國紐約古金漢美術館藏。
折角的線條是年輕的象徵，曲線是成熟的表現，至於圓形的點和面，則是大千世界的小縮影。
這幅作品是康丁斯基對點、線、面的概念，表達最成功的代表作之一。

黃－紅－藍，1925年，油彩、畫布，128×201.5cm，法國巴黎龐畢度藝術中心國立現代美術館藏。

定居巴黎

康丁斯基一生中，最快樂的時光，除了五歲前的童年，及兒子出生那三年外，莫過於在包浩斯那段教學相長的日子。年輕時，終日為抽象藝術四處奔波參展；年屆六十的他，只想好好休息一下，和太太享受人生。偏偏天不從人願，第一次世界大戰，才把歐洲搞得烏煙瘴氣，人民還沒來得及喘息，希特勒帶領的納粹軍團又起來作怪。老百姓一看到「卍」的標記，無不嚇得拔腿快逃。

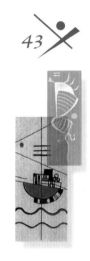

希特勒和列寧一樣，殘酷又古板。自己看不懂抽象畫的美，硬說畫抽象畫的人是不求上進、思想墮落的分子，逼得包浩斯關門大吉，師生們四散逃命。

康丁斯基和妮娜別無選擇的再度回到法國，定居於巴黎市郊。他深怕受政治因素的再次陷害，只和一群同是來巴黎發展的外籍畫家往來，像蒙德里安、夏卡爾、米羅，常是家裡的座上客。對不相干的參展邀約一律拒絕，唯有一位珍‧伯察女士

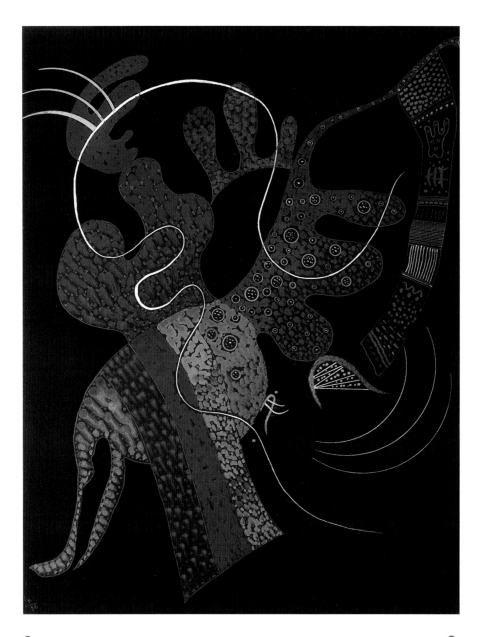

白線，1936年，不透明水彩、蛋彩、黑紙，49.9×38.7cm，法國巴黎龐畢度藝術中心國立現代美術館藏。

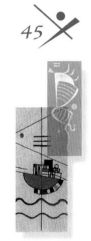

構圖9，1936年，油彩、畫布，113.5×195cm，法國巴黎龐畢度藝術中心國立現代美術館藏。

取得他的信任，為他連辦三次畫展。法國美術館還破例收藏了他的作品〈構圖9〉和一幅膠彩畫。在那段政治敏感期裡，著實令他感到欣慰。若非連年戰爭，以他得過諸多國際大獎的繪畫實力，應該可以綻放更多的光芒。

　　後來的日子，康丁斯基更是卯足了精力，不斷尋求自我突破。外界對他的抽象畫風，由最早的輕視質疑到承認，再由肯定至極高評價；在在證明康丁斯基一生的努力不懈，做到了抽象畫家最高難度的挑戰：那就是將思想的靈魂，成功的隱喻在線條與顏色交錯的構圖中。

藍色的天空，1940年，油彩、畫布，100×73cm，法國巴黎龐畢度藝術中心國立現代
美術館藏。
　假如拿著望遠鏡向天空望去，也許你也會發現，遙不可及的星際間，有著各種繽紛色
彩，和各式造形的天堂鳥在漫舞。

　　細看康丁斯基每一幅作品的色彩和形態，會自然的聯想到音符和節拍的互動關係。暫且不去研究畫裡的意思，只當它是節奏曼妙的樂曲，及詞句優美的詩歌，讓我們放鬆心情，慢慢品味箇中之美，將會有意想不到的發現哦！

 康丁斯基小檔案

1866年　12月4日，生於莫斯科。

1871年　全家搬到敖得薩，爸媽離婚。

1886年　進入莫斯科大學就讀。

1896年　到德國慕尼黑學畫。

1901年　成立「方陣畫會」。

1911年　和馬克共同發起「藍騎士」運動。

　　　　與第一任太太離婚。

1914年　第一次世界大戰爆發，回到莫斯科。

1917年　和妮娜結婚。

1922年　到包浩斯教書。

1933年　包浩斯關閉，搬到法國定居。

1944年　12月13日，病逝於法國寓所。

藝術的風華・文字的靈動

 兒童文學叢書・藝術家系列

榮獲行政院新聞局第四屆人文類小太陽獎

～ 帶領孩子親近二十位藝術巨匠的心靈點滴 ～

喬 托	達文西	米開蘭基羅	拉斐爾	拉突爾
林布蘭	維梅爾	米 勒	狄 嘉	塞 尚
羅 丹	莫 內	盧 梭	高 更	梵 谷
孟 克	羅特列克	康丁斯基	蒙德里安	克 利

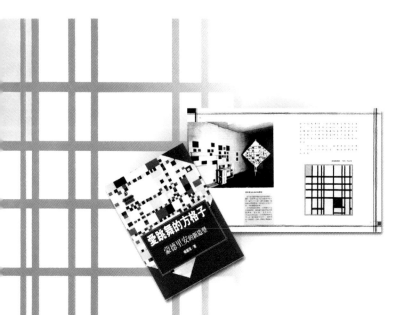

愛跳舞的方格子—蒙德里安的新造型

喻麗清／著

數學可以寫方程式，
音樂可以表達感情，
文學可以創造新世界，
為什麼畫卻一定要畫什麼像什麼呢？
蒙德里安的畫，
大家都叫它「蒙德里安式」。
那麼，什麼是「蒙德里安式」呢？